KB213882

(그렇다면)
좋은 하루를 만날 거야

(그렇다면)

좋은 하루를 만날 거야

글·그림 유총총

빌리버튼 billybutton

걱정은 사양합니다.
내 인생은 내 거니까요.

25살에 결혼을 선택한 내게도
많은 말들이 따라다녔던 적이 있습니다.

뭐하러
일찍해??
좀 더 놀다하지..

너무 이른 거 아냐?
친구들 할 때 맞춰서..

그렇게 끊임없는 생각들로
밤이면 잠들기가 어려웠던 시절,

행복을 위해서
우리가 선택한건데
왜 다들 쉽게 말할까

그리고 덕분에 이제는 웃으면서 더 이상 울지 않고
당당하게 그 시절을 이야기할 수 있는 제가 되었습니다.

이 책을 만난 당신이 만약
힘든 시기를 보내고 있다면,

'남들보다 느리다고, 이르다고 해서
틀렸다고 생각하지 말아요'
라는 말을 전해주고 싶습니다.

지금부터 한 장 한 장,
총총이가 당신 곁에 있어줄게요.

"남자친구 있어요?"

"음, 남자친구는 없고, 남편이 있어요~."

이렇게 대답을 하면 사람들이 꽤 놀란 얼굴로 "결혼 하셨어요?"라고 말하죠.

저는 대학 졸업식과 동시에 곧바로 결혼을 한 3년차 유부초밥입니다. 요즘 결혼 시기가 늦어지는 추세라 그런지 제 사연을 궁금해하는 분들이 많은 것 같아요. 제가 결혼을 일찍 한 이유는, 단 한 가지입니다. '좋아하는 사람과 함께이고 싶어서'이죠. 전혀 특별하지 않죠? 이 사람과 오래도록 함께 살면서 같이 해보고 싶던 것들이 참 많았던 것 같아요.

하지만 이렇게 이야기할 수 있을 때까지 제 나름대로 고민도 많았습니다. 가까웠던 친구들과 나 혼자만 점점 멀어지는 것 같은 서운한 날도, 엄마의 품이 그리운 날도, 자존감이 바닥을 친 날도, 미래가 걱정인 날도 있었습니다. 그때마다 곁에서 나를 지지해주는 사람이 있었습니다. 그리고 내 편인 사람들과 일상에 감사함을 느끼며 그림을 그려나가기 시작했습니다.

이 책에는 세상과 타인의 기준에서 벗어나 내가 원하는 오늘을 사는 제 이야기가 담겨 있습니다.
사랑하는 사람과 함께하는 일상과 그런 삶 속에서 변하게 되는 가족과의 관계, 꿈을 향해 한 발자국씩 나아가는 나 자신의 이야기를 솔직하게 그려보았습니다.

내가 원하는 게 무엇인지 조금 더 귀 기울여주는 것, 남에게 애쓰기보다는 나에게 애써줄 것, 내 하루의 행복이 무엇인지 골라보는 것, 그렇다면 좋은 하루를 만날 거라는 것을 여러분과 함께 이야기 나누고 싶습니다.

여러분의 하루에 제 책을 담아주셔서 고맙습니다.

2부 소박한 기쁨을 누리는 맛

3부 나에게 너그러워지기로 했다

1부

좋은 사람이
되고 싶은 이유

너는 나의 가장 큰 꿈

너를 처음 만났을 때부터
내 가장 큰 꿈이었어.
너와 평생을 함께하는거

대체 내가 뭐라고.
너에게 있어 가장 큰 꿈이 나인 걸까.

아 뭐야~

헤헷

그래서 말이야, 나도 너에게 있어서
점점 더 좋은 사람, 멋진 사람이 되고 싶어.

네 옆에서라면 나 할 수 있을 것 같아.
고맙고 사랑해.

엄마의 뒷모습

처음으로 엄마가 나를 떠나는 뒷모습.

항상 내가 먼저 떠났는데..

밥 먹고 가야지!

친구들이 기다려서 지금 가야 함!

그날 저녁, 펑펑 울었어.

얼마나 말 안 듣는 딸이었으면
엄마한테 더 잘할 걸.. 이런 생각밖에 안 들더라고.

밥은 남이 차려줄 때 가장 맛있지

요리할 때만큼의 배고픔은 사라져 있는 것 같아요.

어쩔 수 없는 일인 걸 뻔히 알면서도
우리는 미묘한 시간들을 겪게 되었다.

하지만 시간이 흐르고 자연스럽게
서로를 이해하게 되는 때가 오게 되었고,

학생 때는 매일 같이 붙어다녔으니
항상 공유할 것 투성이었는데...

소중한 관계에서,
멀어지는 시기가 있다면
다시 가까워지는 시간도 반드시 온다.

잔소리마저도 그리울 줄이야

내 생각들이 너로 인해 한 단계
더 나아간 것 같아서.. 참 좋아ㅡ!

맛있는 음식

너와 함께

다정한 습관

나를 소중하게 만드는 사소한 배려

엄마의 품처럼 따끈따끈해

그렇게 엄마가 갓 다려준 옷에서는
따끈따끈하고도 고소한 냄새가 납니다.

그리고 신기하게도

다녀올게요~
이따 퇴근하고 봐~

오빠 셔츠가
왜 이렇게 구겨져 있어!

응?!

결혼하고 나니 비로소 이해되는 부분들을
종종 만나곤 합니다.

나의 아빠

친할머니께서 돌아가신 날,

아빠는 한참동안 눈물을 흘리셨다.

그 전까지는 아빠가 우는 걸 한 번도 못 봤는데,

그날 밤 아빠는 자고 있는 나를 안고 펑펑 울었다.

엄마를 잃은 아빠에게 어떻게 위로를 해야 할지 몰라서

나는 졸립다고 괜한 떼를 부렸다.

내가 첫 생리를 한 날 아빠는

내게 장미 백 송이를 건네주었다.

그리고 케이크와 함께 초도 붙었다.

당혹스러웠던 오전 시간과 달리

사랑이 느껴지는 저녁시간이었다.

고등학생이 되고 책상에 앉아 있는 시간이 많아졌다.

의자에 앉으면 발이 동동 떠서

늘 양반다리를 해야 해서 불편했는데,

그 마음을 어찌 알았는지

아빠는 나무로 발 받침대를 만들어주셨다.

미술 대학 실기시험을 보러 가는 날.

아빠는 차로 바래다주며

시험장에 들어가기 전 나를 꼭 한번 안아주었다.

그리고 그렇게 바라던 대학 합격 소식을

회사에 있는 아빠에게 전화로 알렸을 때,

아빠는 소리를 지르셨다.

혹여나 내게 부담이 갈까봐

관심 없는 척하던 아빠였는데

그 날 전화로 다 들통나버렸다.

일 때문에 부모님은 제주도로 이사를 가셨다.

나는 급작스럽게 자취생이 되었다.

제주도로 떠나기 전 날

아빠는 내 남자친구도 저녁식사에 초대했다.

남자친구에게 나를 잘 부탁한다고 했다.

남자친구의 직장이 청주로 발령이 났다.

나는 그렇게 장거리 연애를 하게 되었다.

청주로 남자치구를 만나러 가는 날,

아빠는 나를 청주까지 차로 바래다주고

곧바로 다시 서울로 올라가셨다.

재밌게 잘 놀고 오라는 말과 함께.

결혼식 날 아침 일찍 아빠에게 전화가 왔다.

산책을 하다가 전화를 걸었다며

별다른 이야기 없이 좀 이따가 식장에서 보자고 하셨다.

그리고 그 날

아빠의 두 번째 눈물을 보았다.

생각해보면 엄마 앞에서 기뻐서,

화나서 운 적은 많아도

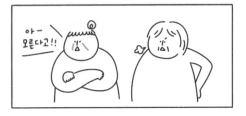

슬퍼서 운 적은 많지 않다.

슬퍼서 울어버리면 엄마가,
더 가슴 아플 거란 것을 잘 알아서 그런 걸까.

결혼 후 가족도 친구도 없는 먼 지역으로
이사 갈 때조차도 울지 않았다.

엄마아빠
어여 가~

아무리는
저희가 할게요

그런데 최근에 기대했던 일에서
미끄러지는 일이 생겼다.

응.. 엄마.
발령 취소 됐어..

3년 만에 엄마와 가까워진다는 생각에
설레고, 실망감도 컸다.

우와! 진짜 거기로
발령받으면 엄마집이랑
완전 가깝네!

좋지 좋지!
양평 자주
놀러 가자!

친구들도!!

처음으로 엄마 앞에서 '슬퍼서' 펑펑
울어버렸다.

꺼흑 끽끽
어엉엉—

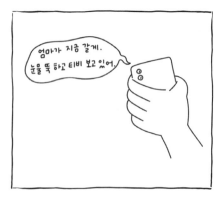

엄마가 지금 갈게.
눈을 뚝 하고 티비 보고 있어.

나의 소중한 사람들

나는 태어나서 지금까지

좋은 일이 생길 때면 가장 먼저 엄마한테 알린다.

엄마! 나 저번에
대외활동 면접 본 거
합격했어!

그 일이 크든 작든 한껏 내 자랑을 하며

내가 면접에
강하다니깐

대단한 걸

엄마 앞에서 만큼은 겸손하지 않아도 되었다.

하지만, 점차 좋은 일이나
첫 소식을 듣는 사람은

남편으로 바뀌게 되었고,

느리게 안녕하는 시간

신혼집으로 들어가기 전 약 4개월 정도
엄마아빠와 함께 살았다.

그렇게 엄마아빠와 함께 살며 결혼준비를 했고,

엄마는 저녁할 시간만 되면
나를 주방으로 부르곤 했다.

이별이 묻어 있는 그 대화가 싫었다.

나 진짜 결혼하나봐

그렇게 회사에 있던 오빠가
곧바로 달려 왔고...

오빠..

↑
얼굴 보니 눈물 왈칵..

괜찮아
괜찮아..

큰 병원에 가서 검사를 받았다.

생각했던 것보다 상태는 더 안 좋았고
곧바로 입원을 하게 되었다.

신우신염인데
염증이 콩팥까지..
많이 아프셨을 텐데..
바로 입원하셔야 해요

밤새 내 옆을 지키고 다음날 출근한 오빠,

너무 든든하다..

그리고 한걸음에 달려와주신 부모님들까지.

아이고..

아빠 엄마 시어머니 시아버지

다시 자는 척 해야 하나..

민망

내가 결혼 한다는 게
가장 실감나던 순간이었다.

그러고보니 나 결혼
하는 거 맞나보네..
시부모님이 병문안을 오시다니

내 보호자가
오빠라니..

총총이 깼니?

위로받고 싶은 날

그런 날이 있습니다.

별것도 아닌 일인데 괜스레

누군가한테 위로받고 싶은 날이 있어요.

그런 날엔 왠지 아무렇지도 않은 척

호들갑을 떨며 밝게 이야기를 합니다.

당신은 그런 나를 자연스럽게 위로해줍니다.

어느 날은 같이 화를 내주기도 하지요.

뻔한 반응인데도,

나는 당신의 그런 반응을 기다립니다.

유치하지만 그 모습에 당신이

내 사람이라는 걸 다시금 확인해봅니다.

엄마에게 나는 언제나 작은 아기

우리집에 왔을 때만이라도

그리고 창틀
이런 데도
닦아야 해

이제
그만...

편하게 쉬다 갔으면 좋겠는데,

엄마 눈에는 그저 누군가의 아내가 아닌,
엄마의 어린 딸로 보이나 보다.

나는 어느덧 된장찌개에
무청까지 넣어놓고 요리하게 된

어엿한 유부 3년차인데..

된장찌개에
무청까지
넣은 거야?

그제서야 엄마의 눈에도 보이는 듯하다.

나 내 인생이 참 좋아

2부

소박한 기쁨을
누리는 맛

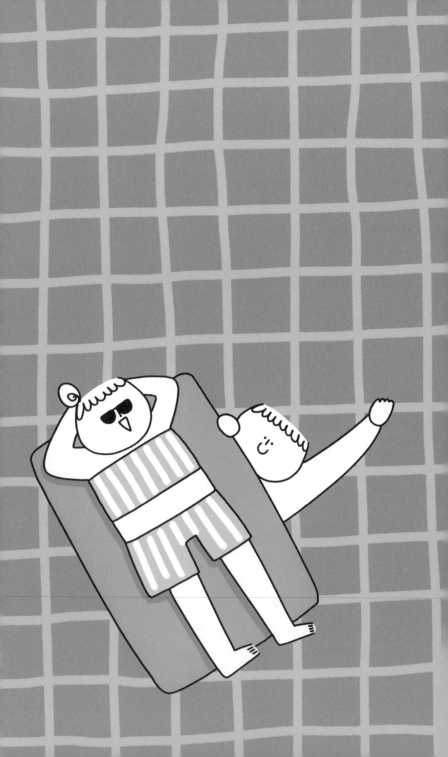

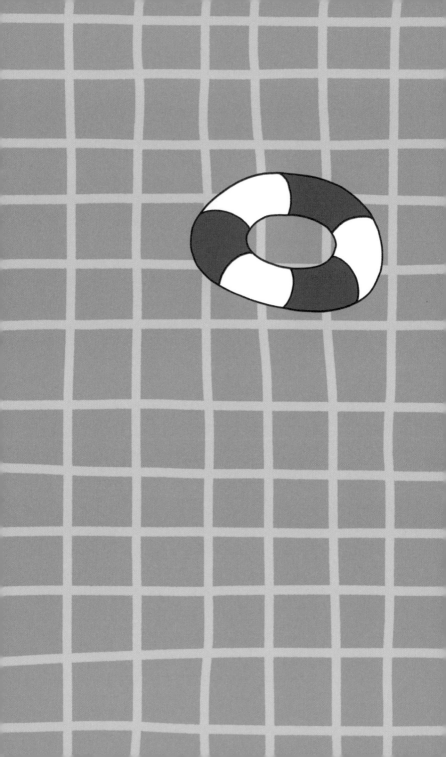

깨물어주고 싶을 정도로 귀여운 나라니

좋은 삶의 조건

30분 뒤...

스르륵

천천히 먹어요
콜라 한 잔해~

진짜 잘 먹네
담에 또 사올게

남은 것들
먹어치웠을 뿐인데..
정말 좋은 삶이다...

아이고 잘먹네~
햄토리 같아~

귀여워 죽겠다!

매일매일 다이내믹하게

영원히 둘이서

비온 뒤에 땅이 굳지요?

VS

대화도 중요하지만...

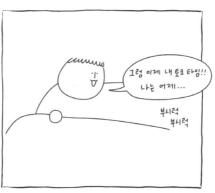

꼬리가 길어

안방에는 작은 화장실이 딸려 있다.
그리고 나는 꼭 자기 전에 그 화장실문을 닫고 잔다.
화장실의 축축한 기운이 내 잠을 방해할까 봐서이고
또 다른 이유를 대자면,
침대에서 눈을 뜨면 바로 변기가 보이기 때문이다.

한 번은 새벽에 잠을 설치며 잠에서 깼는데
화장실 문이 열려 있었다.
내 몸이 화장실의 아주 작은 수분을 감지하는 걸까?
이런저런 상상을 하며 결국 그날도 화장실 문을
꽉 닫고 다시 잠에 들었다.

그런데 짝꿍은 이런 점에 대해서
그다지 신경 쓰이지 않나 보다.
대체 왜 화장실 문을 벌컥벌컥 열고
침대 위로 올라오는 건지!
그때마다 문 좀 닫고 오라고 잔소리를 퍼붓는다.

내 하루의 마무리에 '화장실 문 좀 닫고 와'라는
문장이 필수가 되어버리다니.
명령조인 것 같기도 하고,
항상 짜증이 동반되다보니 좀 더 귀여운 문장을
찾기 시작했다.
그렇게 내가 찾은 문장은,
"꼬리가 길다~"
(말할 때 길다를 좀 더 길~게 말한다)

이 문장으로 바꾸고 나서부터 왜인지
남편이 나의 명령을 귀엽게 맞받아치기 시작했다.
(가령 문을 닫으러 가면서 엉덩이를 흔든다든가,
아마도 꼬리가 길다는 걸 표현하는 듯싶다)

꼬리가 길어서 안방 화장실문을 매번 열고 다니는 짝꿍아.
이제 제발 꼬리 좀 말고 다니자!

둘이 함께 만들어가는 미래

스스로가 남들 앞에서 당당하지 못했다.

그럼 결혼하고
청주로 내려간 거예요?

거기서는 뭐 하세요?

나만 그랬다.

그림 그려요~
미술학원에서 애들도
가르치고요!
제가 아주 복덩이를
데려왔어요!

시간이 흐르고 나를 언제나 믿어주는 네 덕에
이제는 그림으로써 크고 작은 성취감을 맛보게 되었다.

오빠
○○에서
작업의뢰
들어왔어!

진짜??
와ㅡ!

대형
계약이야!

99

그리고 (아직 한~참 멀었지만)
이런 장난의 말도 칠 수 있게 되었다.

다양한 행복을 맛볼 수 있게 해줘서
고마워.

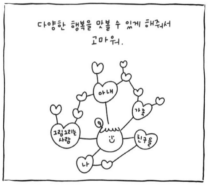

메뉴의 조건

잠시 선을 넘겠습니다

연애하면서, 네가 나 때문에 처음으로
눈물을 보여줬던 날.

나는 참 이상하게도
미안하면서도 좋았어.

네가 나 때문에,
처음 눈물을 보여줬다는 사실이

뭐랄까.. 아주 강한
사랑의 확신이라고 생각했거든.

나 때문에 슬프다는 사실이
더 크게 다가왔던 것 같아.

해장하러
갈까?!

너랑 싸우고
난생처음 혼술까지
해봤네, 으휴..

그래서 난 가끔
너가 정해놓은 선을 넘어버려.

정말정말 그 누구에게도 보여주지 않은
내 추한모습을 보여줬을 때도,

너는 말야.
단 한 번도 그 선을 넘지 않았어.

그때 처음으로 내 이 지독한 버릇을
인정했던 것 같아.

이게 내가 너를 한 사람으로서
존경하는 이유야.

자주 만나고 싶은 순간

아마 새벽이었을 거야.
잠에서 깨서 살짝 눈을 떴는데..

너도 잠에서 깼는지
나를 지그시 쳐다보고 있더라.

난 말야, '사랑해'라는 말도 좋지만
가끔은 이런 순간들에서 말로는 표현할 수 없는
사랑을 느껴.

참 사랑을 느꼈습니다

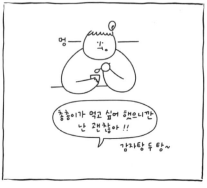

감자탕으로 느낀 참사랑...

귀여운 꼬마와 강아지

그런데 우리에게 미안했는지
　　　자기 몸집 만한 푸들을 안고 계단으로
뛰어가는 게 아닌가!

그렇게 엘리베이터 문이 닫힐 때까지
죄송하다고 하는 아이

질투의 요정

Q : 여기서 문제! 그녀는 왜 심기가 불편할까요?

결혼에 나이가 무슨 상관인가요?

그리고 제 꿈을 그 누구보다도 존중해주고
응원해주었던 사람이었어요.

그런 순간 순간들이 모여서 결혼을 결심하게
해주었습니다.

그리고 그 결정은 내가 인생에서 했던
수많은 선택들 중 가장 빛나는 선택이었습니다.

내 세상에서는 말야,
너가 가장 빛나는 사람이야
내 인생에 나타나줘서 고마워.

사랑해, 고마워

스물다섯의 나와 스물아홉의 너.

우리는 결혼을 했어.

그때 나는 모아둔 돈도 없었고,

직업도 없었고, 이제 막 대학을 졸업한 상태였어.

말 그대로 백수!

내 인생에 있어서 가장 보잘 것 없었던 시기에

너는 내게 평생을 함께하자고 했어.

그런 네가 너무 고마웠지만,

또 한편으로는 자신이 없었어.

2년 동안 착실하게 돈을 모은 너에 비해서

내가 너무 초라해보였으니깐.

가장 부끄러운 사실은 남의 눈이었어.

남들의 시선이 가장 신경 쓰이더라고.

직장생활을 하거나 열심히 취업준비를 하는 친구들에 비해

졸업 후 결혼이라는 나의 선택은 너무나 뒤떨어져보였어.

나 자신도 믿지 못하던 그때,

너는 나를 믿어주었어.

그리고 너의 그 말도 안 되는 확신으로

지금 여기까지 올 수 있었고 말이야.

정말 고마워.

아니 고맙다는 말로는 부족해.

그러니깐 사랑한다는 말을 할래.

그대는 나의 작은 지니

바야흐로 연애 초창기...

* 그날 오빠는 대전집에 내려가 있었음

다음날 아침

127

3부

나에게
너그러워지기로 했다

각자의 행복

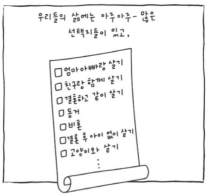

그리고 그 말들은 우리를 흔들어놓으려 한다.

다 때가
있는 거야~

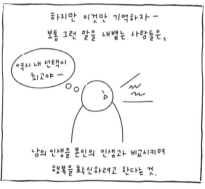

하지만 이것만 기억하자 —
보통 그런 말을 내뱉는 사람들은,

역시 내 선택이
최고야 —

남의 인생을 본인의 인생과 비교시키며
행복을 확신하려고 한다는 것.

자신의 행복에 확신이 없으니까 —

역시 내가
더 행복해

그러니 나는 말야.
단단한 내 행복에 집중할 거야.

쓸모없는 시간은 없어

대학생 때 내 꿈은 공연 연출가였다.
그 시절 나는 뮤지컬이 너무나 좋았고,

내가 브로드웨이라니!

두 번의 휴학을 통해서 공연일을 배울 수 있었다.

배우님들~

이쪽으로 이동하실게요~

연극 조연출

콘서트 무대 스텝

하지만 난 결국, 그 일을 그만두게 되었고.

이 일 하고 싶어 하는
애들이 얼마나 많은 줄 알지?

이 일하고 싶으면
버티는 게 답이야.
집에 못 가고 돈은 적어도
우린 꿈으로 먹고 사는 거니깐
근데 아버지는 무슨 일 하시니?

계약서

시간은 흐를대로 흘렀고 나는 제자리였다.

공연 일하느라
학점도 망..

전공은 가구디자인인데
경력은 최다 공연 쪽...

이제와서 디자인
포트폴리오를...

1년이라는 방황의 시간 후,
지금 난 그림을 그리는 사람이 되었다.

프리랜서가
나랑 잘 맞을 줄이야..

어디든 소속되어 있어야
생각했는데..

그리고 최근 출판 관계자분과의 식사 중에
이런 말을 들었다.

총총님의 만화 구성력은
정말 좋아요-!
스토리는 당연하고..

그래서 자연스럽게
연륜이 있는 분일 거라 싶었는데
생각보다 어려셔서 놀랐어요

아마도 총총님께서 2년 동안
연출 분야에서 일했던 경험이
지금의 일에 굉장한 도움을 주는 것 같네요

나는 그저 그때의 시간들은
버리는 시간이라 여기며 아까워했는데,

아.. 그렇구나..

지금 당장은 나에게 아무런 결과가 없을지라도
언젠가는 반드시 도움이 될 거예요.

시간 연고

신기하게 여행을 하다보면 즐거웠던 기억보다는

고생했던 기억들이 마음속에 더 오래도록 기억됩니다.

마음의 상처도 똑같은 것 같아요.

그렇게 마음속에 오래도록 자리 잡아

잘 잊히지 않은 감정들이 있습니다.

시간이 약이라고들 하지만,

그저 시간을 상처에 듬뿍 바르고 싶을 마음뿐입니다.

나에게 최선을 다하는 하루

그의 한 컷과 나의 전체

우리는 종종, 아니 자주

타인의 일상 한 컷을 보고는
자신의 일상 전체와 비교를 하곤 한다.

나 요즘 심리상담
받고 있어...

하지만 자세히 들여다보면 누구나
각자의 사정이 있고,

그 한 컷이 그 사람의 인생 전체를 대변해줄 수는 없다.

그런데 우리는 언제나 그 한 컷을 전체라고
생각하며 착각에 빠지곤 한다.

그 한 컷들로 내 전체와 비교하려 하지 마.

누가 뭐래도 내가 살아가는 지금 내 일상을
아껴주고 사랑해줄 거야.

나이 든다는 건 뭘까

조금은 단단한 관계들만 남게 되는 것.

내 취향이 담긴 소비들에 확신이 생기는 것.

그리고...

엄마
뭐해~?

비로소 엄마가 조금씩 이해되는 것.

엄마랑의 대화가 너무도 즐거워진다는 것.

이 사실만으로도 나이 들어간다는 건
꽤나 멋진 일이 아닐까요.

어제보다 더 나은 오늘의 나

저는 종종 노트에
어떤 사람이 되고 싶은지 적습니다.

어떠한 형태로든 연말에 한 번씩 기부를 하는 사람.

나 올해는
아이들을 위해
기부하고 싶어

나도!
그럼 한번
찾아보자

일상 속에서 간단히 운동을 할 수 있는 사람.

자랑하고 싶어도 참아낼 줄 아는 사람.

불편한 사람들에게까지 애쓰면서
시간을 쏟으려고 하지 않는 사람.

질투 마저도 사랑스럽게 할 수 있는 사람

부러운 걸 부럽다고 솔직하게 말할 수 있는 사람.

그러면 어제보다 더 나은
오늘의 내가 된 것 같습니다.

불안에 잠식당하지 않는 삶을 위해

하지만 언제나 저에게는 불안감이 따라다닙니다.

불안이 따라다닌다는 말은 결국

욕심이 있어서이기 때문이겠죠.

저는 욕심 있는 제 모습이 좋습니다.

욕심은 제게 적당한 불안을 만들어주고,

제가 성취할 수 있게끔 도와줍니다.

그러니 우리는 불안에 잠식당하지 말고,

내가 어떤 욕심을 갖고 있는지부터 살펴보세요.

줄을 서시오

분명 불안은 좋은 친구가 될거에요.

(사실) 혼자서도 잘해요

혼자서도 알아서 척척 잘 해내는 나는,

(물론 뜻대로 되지 않은 일들도 아주 아주 많지만)

이상하게 짝꿍이 옆에만 있으면 혼자서도 잘 해내던 일들이

원래 속도에서 한 템포씩 밀린다.

아니 정확히 말하면 '내가' 한 템포씩 '밀어낸다'.

요즘 나는 건강을 위해서 한약을 먹고 있다.

항상 달달한 것만 찾는 내게,

쓰디쓴 한약을 먹기란 정말이지 어려운 일이다.

아침저녁으로 한 포씩 마시는데,

이상하게 저녁에 짝꿍이 컵에 담아주는 한약을 먹는 데

가장 오래 걸린다.

아침에 혼자 마실 때는 컵에 따르자마자

혹여나 아끼는 컵에 한약 냄새가 베어버릴까

숨을 참고 후루룩 마시는데,

왜인지 짝꿍이 건네주는 한약은

"이렇게 쓴 걸 어떻게 마셔?" 하는 표정을 짓는다.

그럼 짝꿍은 응원의 노래를 부르며 나를 달래준다.

(아마도 이 응원과 걱정 어린 표정으로 보고 싶어서이겠지.)

그렇게 응원을 2절까지 듣고 나서야 한 번에 쭈우욱 마신다.

마무리는 "너무 써! 켁!" 하는 표정 짓기.

그럼 또 짝꿍은 잘했다며 온갖 칭찬을 쏟아낸다.

사실 혼자서도 잘 해내는 일들인데

괜히 그의 앞에서만큼은 꾀를 부리며 온갖 관심을 받아낸다.

앞으로는 1절까지만 듣고 마셔줄게.

나 홀로 카페

저는 기분이 울적해 질때면,

> 으아
> 무기력해

혼자 카페에 가곤 합니다.

♪ ~ ~ ♪

대학생 때는 그런 감정이 들면
친구들에게 말하기 급급했는데ㅡ

> 아 요즘ㅡ
> 이것도 짜증나고..

나이가 들면서부터는 어느 정도의 울적함은
혼자 해결할 필요가 있다는 것을 느낍니다.

다른 사람을 통해서가 아닌 나 스스로에게
위로를 얻어가는 것 같아요.

그리고 새로운 공간에서 얻어지는 해방감은 덤이지요

여기 카페
참 좋네

애쓰지 않기로 했습니다

우정은 오래된 관계일수록
가장 가치 있는 것이라고 여겼습니다.

제일 오래된
우정 와인이
최고야!

그래서 어쩌면 이미 시들해져버린 관계들을
놓지 못하며 애쓰고 있는지 모르겠습니다.

아우 무거워..
힘들다..

나의 학창시절을 알고 있다는 이유만으로
더 특별하다고 생각했던 관계들은,

시간이 지날수록 점점 공통점이 사라지면서

그렇게
멀어지게 되었습니다.

그러고 보면 관계란 건 참 신기합니다.

일주일 전에 알기 시작했던 사람이
오늘 나에게 가장 큰 위로가 될 수 있고,

음~ 좋다!
얼마 안 된 건데!

가장 오래도록 알았던 사람이
오늘 나에게 큰 상처를 남겨줄 수도 있어요.

참 어렵습니다.

나를 깎아 내리려는 이들을 대하는 법

그런 류의 사람들 말은 일일이 반박할 필요가 없다.

아니 그건..
니 여행이고...

말을 참 기분
나쁘게 하네

어차피 그들의 말은 자기부족에서
시작되는 것들이니깐.

나 어제 회사에서
너랑 똑같은 옷 입은 사람 봄
똑같은 옷 입는 거 싫지 않음?

그래?
같은 쇼핑몰에서
샀나보다

속상해하지 마

인간의 성격을 내향성, 외향성으로만 나누어본다면,

나는 외향성에 포함되는 사람이다.

혼자 있는 시간보다
누군가와 함께 있는 시간이 더 많았고,

그런 관계 속에서 살아가는 것이 참 좋았다.

하지만, 결혼하고 이사를 가게되면서부터

남들에게는 말 못할 미묘한 감정들까지
모두 공유하는 친구도 있고,

언제나 힘을 주고 응원해주는 친구도 있고,

깊게는 아니지만 가볍게 선을 지키며
즐겁게 대화 나눌 수 있는 친구들도 있다.

"이 주머니에는 너를 좋아하고
존중해주는 관계들만이 남아 있어"

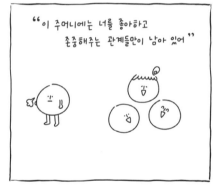

"그러니 속상해하지 마"

타인의 불행으로 내 행복을 확인하지 말 것

잡생각을 떨쳐내는 방법

저는 종종 죽음에 대해 생각해보곤 합니다.

그렇게 생각은 돌고 돌아

이번 생은 단 한 번뿐이라는 결론에 다릅니다.

이번 생은 여기까지구나

그런 생각이 들고나면,
그 동안 저를 괴롭혔던 잡생각들이

조금이나마 털어지는 기분이 듭니다.

뭐야 -
우리 생각 안하네

그러게

단 한 번 뿐인
나의 인생

충전 완료!

우리는 저마다의 충전 방식이 있다.

나는 가끔 내 논문이 얼마나 다운로드 됐는지 확인해봐. 생각보다 많이 다운받아져 있는 거 보면 기분이 좋아지거든— (친구 J)

오 꽤 많이 다운로드 받았네

나는 요즘 제로웨이스트 한다고, 트리트먼트 안 쓰고 마지막에 식초로 헹구거든. 그럼 뭔가 내가 환경지킴이가 된 느낌이어서 뿌듯해! (친구 T)

아 뿌듯해

충전하는 방법과 속도는
다를지라도,

나아가고자 하는
방향은 같다.

"나에게 조금 더 관대해질 것"

오늘 할일
다 못했네

괜찮아
이 만큼도 수고했어

"작은 순간들이어도 뿌듯함을 느낄 것"

뿌듯해

장조림도
직접 만들어
먹다니!

고민과 걱정이 뒤범벅인 날에도

어느 날은 고민과 걱정이 너무 커져버려서

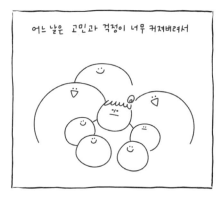

나도 모르게 멍해진다.

그 영향을 벗어나기 위해

고민들도 걱정들도, 내가 신경쓰지 않으면
그저 잡생각일 뿐이니깐요.

프리랜서로 살아가는 법

친구들을 만날 때면
소외되는 제 모습을 발견할 수 있었고,

각자의 분야에서 열심히 살아가는 친구들 속에서
뭔가 동떨어져가는 기분이었습니다.

그렇게 점점 친구들도 덜 만나게 되고

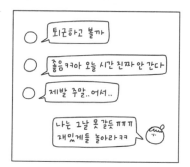

일상마저도 어질러져 갈 때쯤

그 시기에 가장 많이 들었던 말은

하지만 애석하게도 그 말은 제게
큰 도움이 되지 않았습니다.

대신에 저는 몸을 움직이기 시작했습니다.

☐ 이불 정리하기.
☐ 간밤에 어질러진 물건들 제자리로.
☐ 식물 상태 체크한 뒤 물 주기.
☐ 따뜻한 차 마시기
☐ 샤워한 뒤 간단한 아침 해 먹기

그렇게 일상을 돌볼 수 있는 습관들이
몸에 베고 나니,

쓸데없는 생각을 하는 시간은 줄어들고
좋은 에너지가 가득해지기 시작했습니다.

내일이 너무
기대된다

빨리 자야지
오늘도 수고했어

나답게 살고 싶다면,
자존감을 높이고 싶다면,
목표를 이루고 싶다면,

지금의 총총님이 있기까지
프리랜서로 성공하는 나만의 비법이
있으시다면 무엇일까요?

몸을 움직여 나만의 루틴을 만들어보세요.

3년 전,
저는...

차곡차곡 쌓이고 나면 오늘보다 더 나은
나를 만날 수 있습니다.

4부

우리 내일도
활짝 웃자

더 행복한 날들을 위해

신혼 1년차일 때 우리가 종종 들었던 말이 있다.

저희 곧
1주년이에요!

결혼한 지
얼마나 됐어요?

…

…

지금이 좋을 때네~
몇 년만 지나면~
어휴

이제 얼마
안 남았네~하하

정말 우리도
몇 년만 지나면
변할까-

불행해지라고
저주하는 것도 아니고-

나도 저런 말
듣는 거 싫어

잠시 실례합니다

바로 너

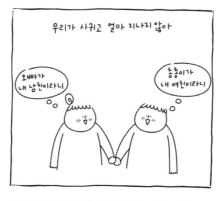

이미 주변 사람들은 우리가 사귀는 걸 대부분 알고 있었지만
그래도 더 적극적으로 티 내고 싶었거든.

그렇게 7년이 지난 지금까지 너의 프로필 사진에는
내가 빠지지 않고 등장하고 있어.

나중에 우리 할머니 할아버지가 되서도
우리 사진으로 프로필 사진 해두자.

결혼 생활이 매일매일 행복하면 좋겠지만,

깔깔   까르르

아마도 그러지 않을 거라는 거 너도 잘 알 거야.

함께 살기 이전, 서로 다른 삶을 살아왔던 만큼

돌다리도 두들겨 보고 건너자.
잘못한 건 바로 인정하자.

남동생 1명
공대생

돌다리다! 빨리 건너자!!!
엎질러진 물에 연연하지 말자.

오빠 1명
미대생

종종 부딪힘이 생길 것이고,

오빠 어쩔 수 없는 부분에서는 그냥 좀 넘어가

어쩔 수 없는 부분인 건 알겠는데 잘못한 건 인정하자

어, 알았다고 미안 - 됐지?

함께 같은 삶을 가꿔나가야기에

우리 다음에 이사갈 때는..

서로의 생각을 고집할 수도 있겠지.

그래도 아직은 아파트로 가는 게..

전원주택! 난 시골도 좋아-!

하지만 그럼에도 불구하고
너와 함께이기에 자신 있어.

우리는 부부니깐, 가족이니깐,
단짝 친구니깐, 사랑하는 사람이니깐,

작업하느라
손목 아프지?

아냐
괜찮아

서로를 위해 노력할 거야. 평생.

편안합니다, 오늘도

사랑하는 사람과 함께 산다는 것은,

어쩌면 설렘보다는
편안함에 더 익숙해진다는 것.

설렘이라는 색이 더 강렬할지는 몰라도

편안함에는 더 다양한 색깔이 있어.

난 이게 정말─큰 매력이라고 생각해.

뭐 시켜 먹을까?

피자

오늘 콜!?

고고고!

말하지 않아도 서로가 서로를 예상하는 것.

편안함 속에서만 나올 수 있는 둘만의 개그

그렇게 점점 다양한 색깔들로 채워지고 있는
우리의 사랑,

너어————무 소중해.

사랑스러운 무의식적인 행동들

살을 어디든 맞대고 있으려고 하는
너의 무의식적 행동들이 너무나 사랑스러워.

아침 대화 패턴

보통 주말에는 둘 다 늦잠을 자는데..

스스슥

아이쿠~
이 귀여운
생명체야

비옹사옹

으어어어

요즘따라 일찍 눈을 뜨고 있는
남편이 무차별 공격을 하고 있다.

우리가 된다는 것

부부가 된다는 것은

나를 걱정해주는 사람이 늘어간다는 것,

나를 축하해주는 사람도 늘어간다는 것,

이 세상에 내 편이 늘어가는 것.

반대의 우리

그런데 그런 반대의 성향 덕분에..

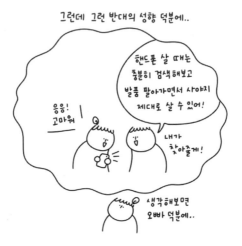

나 혼자였다면
생각조차 안했을
수많은 경험들...

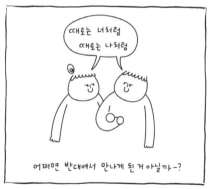

1년 뒤에 만나요

저희는 매년, 그해의 마지막 날인
12월 31일에 서로에게 편지를 씁니다.

올해 편지지는
이거야!

산뜻한
노란색~

그리고 편지는 ...
그 다음 해인 12월 31일에 개봉합니다.

1년 뒤 만나요!

그 전까지
절대 개봉금지!

그렇게 우리는,
1년 후의 서로의 모습을 미리 예상해봅니다.

올해 미리보기
없기야~

너의 꿈을 응원해

어렸을 때부터 모험심이 강했던 나는,

> 엄마-!
> 나도 고모 따라서
> 스리랑카 가서 살래!

> 정말로?

(진짜 고모 따라가서 1년 살다옴)

> HI -
> NICE TO
> MEET YOU

> · · ·

> WHAT'S
> YOUR NAME?

> WHERE ARE
> YOU FROM?

새로운 것에 도전하는 걸 두려워하지 않았다.

> 엄마 나 3개월 동안
> 제주도에 살면서
> 전시 스탭하는 거 신청했어

> 당주에 해..

> 언제
> 가는데??

그런 내가 꾸는 꿈들에 비해

그의 꿈은 작다고만 생각했다

그래서 언제나 내가 1순위였다.
내 꿈이 더 멋지고 중요했으니깐.

하지만 이제 나는 안다.

그게 얼마나 얄팍한 생각이었는지.

부족한 면을 채워줘

여행을 좋아하는 나는

여행과는 거리가 먼 남자를 만나게 되었고,

음.. 굳이 여행을
가야겠다는
생각을 해본 적
없던 것 같아.

싫은 건 아닌데
잘 안 가봐서
모르겠어 ―

그후 몇 번의 여행을 통해

여기 너어무
좋다~~

227

나에게는 없는 면들에 대해서
생각해보게 된 것 같아.

그리고 그런 부족한 부분들은
너로 인해서 채워나갈 수 있었어.

그렇게 너를 닮아가는 내 모습이 참 좋아.

예쁜 모습을 보여주고 싶은데

결혼하고 달라진 것들

후회한 적 없어

서로의 뜻대로 안 풀리면
답답하기도, 독상하기도 하지.

해봐!!
실패해도 일단은
해보는 거야

그럼에도 불구하고
그 사람 덕분에 할 수 있는 일들이
정말 많았어.

잘한다

반대로 그 사람 때문에,
하지 못했던 일은.. 없었어.

세 번의 결혼기념일

결혼기념일마다 찍은 사진이
이로써 세 장이 되었습니다.

기념 사진이 세 장이 되기까지
참 많은 일들이 있었습니다.

어색하고도 어려웠던 과정들도 있었고,

어머님~

○○○ 어색해

아버님~

어색해 ○○

또 매일매일이 꽃밭은 아니었지만

진짜 미워..

결국엔 둘이 함께여서 행복했던 날들이
훨—씬 많았습니다.

두리안!

망고!

이 세상에서 가장 편한 사람

몰라~

유해뿅

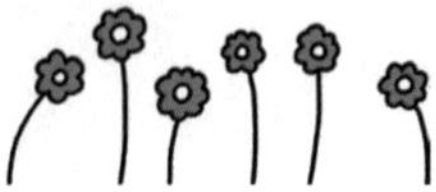

어느덧 인스타그램이라는 공간에
총총이 이야기를 올린 지도 3년이 다 되어갑니다.

예상치 못하게 많은 분들께서
제 이야기를 좋아해주셨고,

가끔은 내가 뭔데 이런 큰 사랑을 받아도 되는 걸까—
하여 행복감에 취해 있기도 했습니다.

총총님 그림
잘 보고 있어요~

그리고 지금처럼 그래왔듯이 오래도록
보답해 드려야겠다는 다짐으로 이어지곤 합니다.

총총이의 그림일기를 봐주시는 모든 분들,
그리고 이 책을 끝까지 읽어주신 모든 분들께
정말 감사드립니다.

언제나 좋은 하루를 만나기를 바랄게요.

나와 우리의 다정한 오늘을 위한 작은 다짐

(그렇다면) 좋은 하루를 만날 거야

초판 1쇄 발행 2021년 2월 8일

지은이 유총총

책임편집 김현성
디자인 박영정

펴낸이 최현준·김소영
펴낸곳 빌리버튼

출판등록 제 2016-000166호
주소 서울시 마포구 월드컵로 10길 28, 202호
전화 02-338-9271 | **팩스** 02-338-9272
메일 contents@billybutton.co.kr

ISBN 979-11-91228-42-7 03810

· 이 책은 저작권법에 따라 보호를 받는 저작물이므로 무단전재와 무단복제를 금합니다.
· 이 책의 내용을 사용하려면 반드시 저작권자와 빌리버튼의 서면 동의를 받아야 합니다.
· 책값은 뒤표지에 있습니다. 파본은 구입하신 서점에서 교환해 드립니다.
· 빌리버튼은 여러분의 소중한 이야기를 기다리고 있습니다.
  아이디어나 원고가 있으시면 언제든지 메일(contents@billybutton.co.kr)로 보내주세요.